협동 농장의
겨울 요리법

Winter Recipes from the Collective

협동 농장의
겨울 요리법

루이즈 글릭 시집
정은귀 옮김

시공사

제임스 롱겐바흐에게

차
례

시

Poem

낮과 밤이 온다
소년 소녀처럼 손에 손 잡고,
새 그림 그려진 접시에서 산딸기를 먹으려고
잠시 멈추는 것처럼 함께 온다.

그들은 얼음 덮인 높은 산을 오르고,
그리고는 날아가 버린다. 하지만 너와 나는
그렇게 하지 않는다―

우리는 같은 산을 오른다;
나는 바람이 우리를 들어 올려 달라 기도하지만
아무 소용이 없다;
너는 끝을 보지 않으려고
고개를 수그린다―

밑으로 또 밑으로 또 밑으로 또 밑으로
바람이 우리를 데리고 간다;

나는 너를 위로하려 하지만
말이 곧 해답은 아니다;

엄마가 내게 한 것처럼 나는 네게 노래를 부른다―

너는 눈을 감고 있다. 처음에 보았던
소년과 소녀를 우리는 지나간다;
이제 그들은 나무다리 위에 서 있다;
그 뒤에 그 아이들 집이 보인다;

얼마나 빨리 가는지 그들이 우리에게 소리친다,
하지만 아니, 바람은 우리 귀 안에 있다,
그게 우리가 듣는 것이다―

우리는 다만 떨어지는 중이다―

세상이 지나간다,
모든 세상들, 마지막보다 더 아름다운 각각의 세상.

너를 보호하려고 나는 네 뺨을 쓰다듬는다―

죽음의 부정

The Denial of Death

1. 여행 일기 Travel Diary

하룻밤 정도 묵은 여관에 나는 여권을 두고 왔다

이름은 기억나지 않는다. 이 일은 그렇게 시작되었다.

다음 호텔은 나를 받지 않으려 했다,

바다가 보이는 오렌지 숲 속의 아름다운 호텔.

당신은 우리가 머물 방을

어찌나 태연히 받아들였는지 몰라,

그러다, 나중엔, 발코니에 서서 호일로 감싼 초콜릿을

내게 던지며 즐겁게 웃었지. 다음날

당신은 우리가 함께 떠났을지 모를 여행을 계속했지.

컨시어지가 나를 위해 낡은 담요를 구해 주었어.

낮이면, 나는 부엌 밖에 앉아 있었어. 밤이면, 오렌지 나무 사이로

담요를 펴고 잤지. 날씨 말고는 매일이 똑같았어.

시간이 지나면서, 직원들이 나를 동정하기 시작했지.

식탁 치우는 아이는 저녁 식사에서 남은 이상한 감자나 양고기 조각을

가져다주곤 했어. 가끔씩 엽서가 도착했지.

프런트에는 윤기 나는 장식들과 예술품들.

한 번은, 눈으로 덮인 산도 있었고. 한 달쯤 후에,

엽서가 왔어: *X가 안부를 전합니다.*

나는 한 달이라 말하지만, 정말이지 시간에 대한 감각이 없었다.

식탁 치우는 아이가 사라졌고. 새로운 버스 보이가 왔고, 그리고

하나 더, 아마도.

이따금씩, 어떤 애는 내 담요 위에서 나와 함께 있기도 했다.

그날들은 정말 좋았지! 하루하루가 그 전날과 똑같았어.

우리가 함께 올랐던 돌계단이 있었고

우리가 아침을 먹던 작은 마을이 있었어. 아주 멀리,

우리가 수영을 하던 만이 보였지만, 아이들이 서로를 부르는 소리도

더 이상 들리지 않았고, 내가 늘 좋아하던 시원한 음료를

마실 건지 묻는 당신 목소리도

더는 들리지 않았어.

엽서가 오지 않으면, 나는 옛날 엽서를 다시 읽었어.

당신이 나를 버릴 거라는 걸 믿을 수가 없어서, 당신에게 간청하며,

물론, 말로는 아니었지만― 키스로 뒤덮인 장대비 속
그 발코니 아래 서 있는 나를 보았어.

컨시어지가 내 옆에 서 있었다는 걸 그제야 알았다.
슬퍼하지 마세요, 그가 말했다. 당신은 당신만의 여행을 시작했
잖아요,
당신 친구처럼 세상 속으로는 아니지만, 당신 자신과 당신의 추
억 속으로요.
그 추억들이 서서히 사라지면, 아마 당신은
어떤 근사한 공허를 얻게 될 텐데, 그 속으로
모든 게 흘러들어가지요, 도덕경에 나오는 빈 컵처럼요―

모든 건 변해요, 그가 말했다, 모든 건 연결되어 있고요.
또 모든 건 되돌아와요, 하지만 되돌아오는 건
떠나갔던 것이 아니랍니다―

우리는 당신이 걸어 나가는 것을 바라보았어. 돌계단 아래로
그 작은 읍내 속으로. 진실된 어떤 것이
말해졌다는 느낌이 들었어,
그 말을 내가 직접 했더라면 더 좋았겠지만

그 말을 들은 것만으로도 나는 기뻤어.

2. 여권 이야기 The Story of the Passport

여권이 돌아왔다 하지만 당신은 돌아오지 않았다.
그 일은 이렇게 된 거였다:

어느 날 편지 봉투 하나가 도착했다,
작은 유럽의 어느 공화국 우표가 붙어 있었다.
이걸 컨시어지가 대단한 격식 갖추어 내게 내밀었다;
같은 마음으로, 나는 그걸 열어 보려고 했다.

안에 내 여권이 들어 있었다.
내 얼굴이, 먼 과거, 어느 지점에
내 얼굴이었던 것이 거기 있었다.
하지만 그와 이별한 지 오래다,
함께한 우리 여행들에 대한 기억, 또
다른 여행들을 같이 하자는 꿈으로 가득 찬 채,
확신하며 웃고 있는 그 얼굴—
나는 그걸 바다 속에 던져 버렸다.

금방 가라앉았다.
밑으로, 밑으로, 그 텅 빈 바다를 내가 계속
바라보고 있는 동안.

컨시어지는 그런 나를 계속 지켜보고 있었다.
이리 오세요, 그가 말했다, 내 팔을 잡으며. 그리고 우리는
호수 둘레를 걷기 시작했다, 내가 매일 하던 일이었다.

제가 보기엔, 그가 말했다, 당신은 더 이상은
이전의 생활로 돌아가고 싶지 않는 것 같아요,
시간이 우리에게 제안하듯, 말하자면, 직선으로
움직이는 게 아니라, 오히려 (여기서 그는 호수를 가리켰다)
어떤 동그라미 안에 있는 것 같아요,
사물의 중심에 있는 그 고요를 열망하는,
시계를 닮았다 싶은 동그라미요.

여기서 그는 호주머니에서
큰 시계를 꺼냈다 늘 갖고 다니는 시계다. 그가 말했다,
이거 해 봐요, 이걸 보면서, 월요일인지 화요일인지 말해 보세요.
그런데 당신이 그걸 들고 있는 내 손을 보면, 내가 더 이상

젊지 않다는 걸 알게 되겠지요, 머리카락도 하얗게 셌고.
내 머리카락도 한때 까맸다는 걸 알면 놀라지는 않을 거요,
당신 머리카락도 한때는 검고 또 곱슬머리였을 테니,
제 생각은 이래요.

이 이야기를 하는 동안에, 우린 둘 다
얕은 물에서 노는 아이들을 보고 있었다,
아이들 몸에는 동그란 고무 튜브가 감겨 있었다.
빨갛고 파란, 초록에다 노란.
맑은 호수에서 물장구를 치는 아이들 무지개.

시계가 째깍거리는 소리를 들을 수 있었다,
아마도 시간의 행로를 암시하는 듯,
실은 그걸 지우고 있지만.

자신을 속이고 있다면, 그가 말했다, 스스로에게 물어봐야 해요.
그 말에 나는 시계를 들고 있는 손이 아니라
시계를 바라보았다. 우린 그렇게 잠시 서 있었다, 호수를 바라보며,
우리 각자 생각에 잠겨.

그런데 철학자의 삶도 당신이 말한 것처럼
정확하진 않잖아요, 내가 말했다. 같은 과정을 반복하면서,
진실이 드러나길 기다리면서.

하지만 당신은 만드는 일을 그만 뒀잖소, 그가 말했다,
그게 철학자가 하는 일인데. 당신이 여행 일지라고 하는 걸
기록하던 때 기억나요? 그걸 나한테 읽어 준 적도 있는데,
내 기억에 온갖 이야기들로 가득했는데,
사랑 이야기, 상실에 대한 이야기, 우리한테는 잘 일어나지 않는
기막힌 일들도 간간이 들어 있던 그 여행 일지요,

그 얘길 들으니 마치 내 경험을
듣고 있는 것 같았어요, 내가 하는 것보다
더 아름답게 묘사된 이야기지만. 마치 당신이 내게 얘기하는 듯,

혹은 나에 대해 말하고 있는 것처럼. 난 당신 곁을 한 번도 떠나
지 않았는데도.
그걸 뭐라고 했지요? 여행 일지요, 당신이 말한 것 같은데요,
가끔 나는 그걸 어니스트 베커의 말을 따라, *죽음의 부정*으로
부르지만요.

그리고 당신은 나를 특이한 이름으로 부르지요, 내 기억에.

컨시어지, 내가 말했다. 난 당신을 *컨시어지*라고 불렀지요.
그 전에, *당신은*, 내 생각엔,
소설 속 어떤 전통이지요.

협동 농장의 겨울 요리법

Winter Recipes from the Collective

1.

해마다 겨울이 오면, 노인들은 숲에 들어가서

노간주나무들 북쪽 면에서 자라는 이끼를 모았다.

더딘 작업이었다, 여러 날이 걸렸다, 빛이 이울고 있어서

하루가 짧았다, 꾸러미가 가득 차면 노인들은

힘들게 집으로 걸어갔다, 이끼는 들고 가기에 무거웠다.

아내들이 이 이끼를 삭혔다, 시간이 많이 걸리는 작업이었다,

특히나 다른 세기에 태어난 것처럼 늙은

노인들에겐 더 그랬다.

하지만 노인들은 참을성이 있었다, 이 나이든 여자들, 남자들은,

당신도 나도 상상하기 힘든 사람들,

이끼가 잘 절여지면, 생겨자와 빳빳한 허브와 함께

치아바타 반 갈라 그 사이에 채워 넣었다: "상쾌한 겨울 샌드위
치"

라고 불렸다, 하지만 아무도

먹기 좋다고는 하지 않았다; 먹을 게 아무 것도 없을 때

먹는 거였으니, 말하자면, 우리 부모님들이 고난의 빵이라고

불렀던 사막의 맛초처럼 말이다─ 어느 해에는,

한 노인이 숲에서 돌아오지 않은 적도 있다, 그러면 그의 아내는,

새로운 삶이 필요했다, 간호조무사라든가, 아니면

막노동하는 젊은이들을 감독하는 역할 같은, 아니면
눈 내리는 날, 밀랍 종이로 싼 샌드위치를
시장에서 파는 일—그 책은
겨울 요리법만 담고 있다, 인생이 어려운 때. 봄에는,
누구나 근사한 식사를 만들 수 있다.

2.
이끼 중에서 제일 예쁜 것은
분재용으로 보관했다, 분재를 위한
작은 방을 정했다, 우리 중
몇 명만이 그런 재능을 타고 났고,
심지어 규칙이 아주 복잡해서
긴 수습기간이 필요했다.
밝은 햇살은 다듬어 놓은 샘플들에 비쳤다,
동물 모양은 안 된다, 조롱거리가 된다,
그 품종에 자연스러운 모양만이
허락되었다— 지켜보던 우리들은
가끔은 담는 그릇을 고르기도 했다, 내 경우엔
할머니가 주신 도자기 그릇이었다.

바람이 우리 주위로 점점 더 거칠게 불어왔다.
밝은 햇살 아래서, 내 친구는 가위로 나무 모양을
만들고 있었다. 나무는 아름다워 보였다,
아직 다 만들어진 건 아니지만, 그래도 아름다웠다, 이끼가
뿌리 주변에 드리워졌다— 나는 그걸 다듬을 수 있는
자격이 없었지만 그래도 두 손으로 그릇을 들고 있었다,
우주에 한 사람이 있는 것처럼
높다란 바람 속 소나무 한 그루였다.

3.
내가 말했듯이, 그 일은 어려웠다—
작은 나무들을 잘 돌보는 일뿐만 아니라
우리 자신도 그만큼 잘 돌봐야 했으니,
잘 챙겨 먹고, 함께 쓰는 방들도 청소하면서—
하지만 가장 중요한 건 나무들이었다.
나무 하나가 죽기라도 하면 우리 얼마나 슬퍼했는지,
나무들은 정말로 죽는다, 자연에서 제거되었다; 모든 것들이 결국엔 죽는다.
나는 이파리 잃은 나무들이 제일 마음 쓰였다,

이끼와 돌 위에 이파리들이 쌓이곤 했다—
내가 말했듯, 나무들은 작은 모형이었다,
하지만 모형은 죽음 같은 것이다.
눈 위로 그림자들 어른거리고,
발자국들이 다가왔다가 멀어진다.
죽은 이파리들이 돌 위에 누워 있었다;
이파리들을 들어 올릴 바람이 없었다.

4.
지금껏 가장 어두운 날이었다,
그래도 그때 난 이걸 예상하고 있었다,
12월이 되는 달, 어둠의 달.
이른 아침, 난 내 방에서 식물원으로 걸어가고 있었다; 이유가 있
었다,
우린 절대 혼자 있지 말라고 조언을 들었는데,
그래도 예외가 늘 있었으니—눈 너머로
환히 빛나는 식물원이 보였다;
나무들은 작은 등을 달고 있었다,
그게 멀리서도 잘 보이리라 생각했던 기억이 난다,

주로 멀리 가지는 않았지만—모든 게 고요했다.
부엌에선 판매용 샌드위치를 포장하고 있었다.
내 친구가 이 일을 했다.
헐리 송글리, 우리 선생님은 그녀를 이렇게 불렀다,
보살피는 사람. 그녀를 가만히 바라보던
기억이 난다: 문 안쪽에,
카드 위에 한자로 일의 순서가 씌어져 있었다
번역하자면, *같은 순서로 같은 일을 할 것,*
그리고 그 아래엔: *그것들의 기원을 우리는 지워 버렸다.*
이제 그들에겐 우리가 필요하다.

겨울 여행

Winter Journey

그래, 내가 생각했던 대로였다,
그 길은
거의 지워졌다―

그때 우리는 이동했더랬다
첫 번째 단계에서 두 번째 단계로,
꿈에서 제안으로.
그리고 보라―

여기에 사이의 선이 있다,
우리의 단어들이 나타나는 이 선과 닮은
달빛이 뚫고 들어온다.

눈 위에 드리워진
소나무 그림자들.

*

일어서 있는 것에 작별 인사해야지,
내 여동생이 말했다. 우리는 휴게실 밖

우리가 좋아하는 벤치에 앉아 있었다,
얼음 뺀 진을 한 잔 들고서.
물하고 너무너무 비슷해 보였다, 그래서 간호사들이
지나가면서 너한테 웃어 준 거였다,
네가 수분섭취를 얼마나 잘 하는지 좋아서.

휴게실 안에는, 병이 많이 나은 환자들이
티브이를 보고 있었다, 그 위에 이런 말이 붙어 있다
행복한 시간으로 오신 걸 환영합니다.
읽을 수 없다면, 내 여동생이 말했다,
언니는 행복해질 수 있을까?

우리는 좋은 시간을 보내고 있었다, 늙어 가는 시간,
간호사들이 말하듯, 모든 것이 더할 나위 없이 좋았다,

눈이 내리기 시작한다는 걸
알 수 있었다, 정확히는,
내리는 게 아니라, 옆으로 휩쓸리듯
하늘에서 미끄러지듯 이동하는 거지만—

이제 우리 집에 왔네, 엄마가 말씀하셨다;
전에, 우리는 포시 이모네에 있었다.
그리고 그 사이엔, 휴렛에서 우드미어로 가는,
폰티악 차 속에 있었다.
우리 아가들은, 엄마가 말씀하셨다,
가능한 한 많이 자야지. 불빛이
나무 사이로 반짝이고 있었다:
저것들은 별이란다, 엄마가 말씀하셨다.
그 다음에 나는 침대에 있다. 나무가 없는데
별들이 어떻게 저기에 있을 수 있지요?
천장에, 맹꽁아, 거기가 별들이 있던 곳이야.

말해야겠다,
길을 따라 걷는 게 너무 피곤했다,
고 말해야지,
너무너무 피곤했다—나는 눈 더미 위에 내 모자를 얹어 두었다.

그때도 나는 충분히 가볍지가 않았다,
내 몸이 내게는 짐이었다.

길을 죽 따라서 거기엔
길에서 죽은 것들이 있었다—

눈 덩어리들,
일테면 그런 것들이었다—

바람이 불었다. 밤에는 소나무 그림자들을
볼 수 있었다, 달이
그만큼이나 밝았다.

시간마다, 내 친구가 내게 손을 흔들었다,
아니 그랬다고 믿었다. 어둠에
내 친구가 흐릿하게 보였지만.
그래도 친구 모습이 나를 지탱해 주었다:
당신들 중 몇몇은 이 말의 뜻을 알 것이다.

대통령의 날

President's Day

넉넉하고 부드러운 햇살이 사방에
퍼져서 눈이 반짝반짝 빛난다―제법
진짜 같아, 나는 생각했다, 그걸
다시 보니 좋으네; 내 두 손이
따뜻해졌다. 어떤 원리가
작동 중이다, 나는 생각했다:
기특하네, 인간의 삶에
흥미를 붙이다니, 하지만 안전을 위해
나는 어깨 너머로 눈을 조금 던졌다,
소금이 없었기에. 아니나 다를까
구름이 돌아왔고, 아니나 다를까
하늘이 어두워졌다, 예전처럼
모든 걸 삼킬 듯, 손실들이
차곡차곡 쌓이고 있었다―
하지만, 몇 분 전만 해도
해가 비치고 있었는데. 내 머리가 얼마나 기뻤다고,
햇살에 몸을 녹이면서, 그런 기분 처음으로 느꼈지
팔다리가 기다리는 동안. 버려진 벌집처럼.
기쁘네―한동안 우리가 쓰지 않고 있던
단어 하나가 여기 있다.

가을

Autumn

사색에 바치는
생의 한 부분이
행동에 바치는 부분과
충돌을 일으켰다.

*

가을이 다가오고 있었다.
그런데 내 기억으론
일단 학교가 끝나면
이미 가을이 다가오고 있었다.

*

인생은, 여동생이 말한다,
횃불 하나가 몸에서 마음으로
지금 막 지나간 것 같아.
슬프게도, 여동생은 계속 말했다, 마음이
그걸 받을 준비가 되어 있지 않네.

해가 지고 있었다.

아, 그 횃불, 그녀가 말했다.

다 꺼져 버린 것 같아, 우리가 가질 수 있는.

우리 최선의 희망은 그게 깜박이고 있다는 거야,

포르트(없다)/다(있다), 포르트(없다)/다(있다),

아기침대 옆으로 장난감을 던져 버리고는

다시 잡아당기는 어린 에른스트 같아. 여긴,

그녀가 말했다, 딱하게도 아이들이 없네.

우리가 아이들한테서 배울 게 있었을 텐데, 프로이트처럼.

*

우린 가끔 앉아 있곤 했다.

다이닝 룸 바깥 벤치에.

나뭇잎 타는 냄새.

노인들과 불은, 그녀가 말했다.

좋은 게 아니야. 자기들 집을 다 태우거든.

*

내 마음이 얼마나 무거운지
과거로 가득 차서.
세상이 뚫고 나갈
공간이 충분히 있는지?
어딘가로 가야 하는데,
표면에만 머무를 수는 없다—

*

물 위로 별들이 반짝이고 있다.
낙엽이 쌓여, 불이 붙기를 기다린다.

*

통찰력, 내 여동생이 말했다.
이제 그게 있어.
그런데 어둠 속에선 보기 어려워.

네 무게를 재기 전에
일단 저울부터 찾아야지.

두 번째 바람

Second Wind

이게 두 번째 바람인 것 같아,

내 여동생이 말했다.

첫 번째와 똑같아, 하지만

끝났어, 내 기억엔. 아

어떤 바람이기에, 너무 세서

나무에서 이파리들이 다 떨어졌어.

그건 아닌 것 같아,

내가 말했다. 글쎄, 이파리들은

땅바닥에 있었어, 여동생이 말했다. 시더허스트에서

공원을 달리던 때가 생각나, 나뭇잎 더미를

마구 흩트리고, 뛰어넘고 그랬잖아?

너희 뛰어넘는 거 한 번도 안 했는데, 엄마가 말했다.

너희들 착한 아이들이었어; 있으라고 한 곳에 가만히 있었어.

우리 마음속으론 아니었어요,

여동생이 말했다. 나는 여동생을

꺼안았다. 너는 어찌나

용감한 동생인지,

내가 말했다.

밤에 하는 생각

Night Thoughts

나 태어난 지 오래다.
나를 아기로 기억하는 사람은
이제 아무도 살아 있지 않다.
내가 착한 아기였나? 못된
아기였나? 내 머리 속만 빼면,
그 논쟁은 이제
영원히 잠잠해졌다.
어쩌다 못된 아이가
될까, 나는 그게 궁금했다. 배앓이지,
엄마 말씀이다, 그 말은
내가 엄청 울었다는 뜻.
그래서 뭐가 나쁘다는 거지?
살아 있는 게 얼마나 힘들었는지,
그이들 다 죽은 것도
놀랍지 않다. 내가 얼마나
작았는지, 엄마 뱃속에 매달려,
엄마가 달래듯
쓰다듬어 주셨지.
그 기억과 끊어진 채
내가 말을 하게 된 게

어찌나 창피한지. 우리 엄마의 사랑!
너무 빨리 나는
진짜 내가 되었다,
탄탄하나 신랄하다,
알람 시계처럼.

지는 해

The Setting Sun

1.

당신이 그걸 좋아하니 나도 좋아요, 그가 말했다,

그게 그런 유형의 마지막일지도 모르기에.

더 할 말은 없었다;

사실, 어떤 것의 끝이 온 것 같았다.

엄숙한 순간이었다.

우린 잠시 말을 잊고 서 있었다, 그걸 같이 바라보며.

밖에는 해가 지고 있었다,

내가 늘 주목해 온

일종의 뾰족한 대칭이었다.

그가 말했다, 단어의 효과를

내가 알기만 했더라면.

내가 말을 하면 이게 어떤 무게와 중요성을 얻게 되는지

당신은 보이지요?

한참 전에 할 수도 있었는데, 그가 말했다,

다시 시작하고 시작하면서 내 시간을 낭비하지 않을 수도 있었

는데.

2.

선생님은 붓을 쥐고 있다

그런데 그때 나도 붓을 쥐고 있었다―

무시무시한 어둠이 몰려오는 한 구석에서

우리는 캔버스를 바라보며 함께 서 있다; 가운데

개 초상화가 있었다, 표면상으로는 그랬다.

억지로 개의 특징을 살려서 그린 개.

내 눈에도 이젠 그런 것이 보였다. 살아 있는 것들과

나는 그다지 잘 지내지 못하는 편이었다.

밝음과 어둠과 차라리 더 잘 지내는 편이다.

난 아주 젊었고, 많은 일이 일어났지만

아무 일도 똑같이 일어나지는 않았다, 늘 다르다.

선생님은 한마디 말씀도 안 하셨지만, 이제는

다른 학생들에게 기대셨다. 그 순간에는

내가 더 죄송한 느낌이었다, 늘 같은 옷을 입는 선생님,

아무런 삶이 없는, 드러나는 삶이 없는 선생님,

캔버스 위에서 살아있는 것을 예리하게 인식하는 선생님.

붓을 안 든 손으로, 나는 선생님 어깨를 만졌다.

　선생님, 내가 물었다, 앞에 있는 이 작품에 대해 왜 아무 말씀 안 하세요?

지난 여러 해, 내가 시력을 잃었잖아, 그가 말했다,

볼 수 있을 땐, 내 눈이 섬세하고 통찰력이 있었지,

내 작품에 그만한 증거는 충분하다 믿어,

그래서 내가 너희한테 과제를 준 거야, 그가 말했다,

그래서 내가 너희들한테 그렇게 꼬치꼬치 질문을 던지는 거야.

지금 내 곤경에 대해: 학생의 절망과 분노로 보건대,

그가 예술가가 되었다고 판단이 되면,

그때 내가 말하지. 말해 보렴, 선생님이 이어 말씀하셨다,

너는 너의 작품에 대해 어떻게 생각해?

밤이 부족해요, 내가 답했다. 밤엔 제 영혼이 보이거든요.

그게 나의 비전이기도 하단다, 선생님이 말씀하셨다.

3.

나는 대칭에 반감이 있어, 그가 말했다.

두 손으로 선생님은 기우뚱한 나무 조각을 들고 있었는데,

옛날엔 나무 둥치처럼 엄청 컸을 거였다:

이건 물속에서 나무가 두 번째 삶을 갖기 전이었다,

물속에 있다 보면 질량의 측면에서는 작아지지만,

영적인 밀도는 훨씬 커지는 법이니. 떠다니는 나무는, 선생님이

말씀하셨다,

내 관점을 분명하게 해 주거든—그래서 그건 원래부터 극적으로
보인단다. 이걸 설명하려고, 선생님은 그 나무를 톡톡 두드렸다.
좀 세게,

그런 것 같다, 나무 끄트머리가 조금 떨어져 나갔기 때문이다.

움직임! 그가 소리를 질렀다. 이런 게 교훈이야!

이 그림들 좀 봐, 그가 말했다,

우리 그림을 보라는 말이었다. 여러분들 숨 쉰 시간보다 더 오래
난 그림을 그렸는데 그런데도 내 캔버스는 생명이 있고, 캔버스가
생명으로 범람하고 있잖아—여기서 선생님은 조용해졌다.

나는 내 작품 옆에 서 있었다. 이젠 뻣뻣하고 생기를 잃은 것 같
았다.

좀 쉬는 게 어떠니, 선생님이 말씀하셨다.

나는 밖으로 나가, 잠시나마 밤공기 속으로 들어갔다.

차가운 밤이었다. 마을은 해변에 있었다, 나무가 있던 곳과 가까
웠다.

내 미래가 없는 듯 느껴졌다.

노력했는데도 나는 실패했다.

나는 실패를 성공으로 착각했다.

*연기와 거울*들이라는 문구가 떠올랐다.
갑자기 선생님이 담배를 피며 내 옆에 와 섰다.
선생님은 담배 핀 지 여러 해라서,
피부가 주름살투성이였다.
네가 옳았어, 그가 말했다, 네가
본능적으로 옆으로 비키는 방식 말이야.
많은 사람이 그렇게 하진 않아, 너도 알겠지만.
작품이 올 거야, 그가 말했다. 선이
붓에서 드러날 거야. 여기서 잠시 쉬고는 선생님은
바다를 조용히 바라보았다, 이제,
바다엔 모든 행성이 비춰지고 있었다. 표류목은
그냥 전시에 불과해, 그가 말했다; 아이들을 웃기거든.
그래도, 그가 말했다, 좀 아름다워, 그런 것 같아,
중국인들이 기르는 그 변형된 나무 같아.
분-재, 그렇게 부르더라. 그리고 선생님은
떨어진 표류목 조각을 나한테 건네주었다.
작게 시작해라, 그가 말했다. 그리고 내 어깨를 다독여 주었다.

4.

생각을 좀 해 봐, 선생님이 말했다,
어린 시절의 어떤 이미지부터.
스푼이요, 한 소년이 말했다. 아, 선생님이 말했다,
그건 이미지가 아니지. 이미지 맞아요,
소년이 말했다. 보세요, 제가 스푼을 손에 쥐고 있어요,
그러면 볼록면에, 방이 하나 보이지요,
근데 일그러져 있지요, 양쪽 끝부분보다 중간을 보는 게
시간이 더 걸려요. 그래, 선생님이 말했다, 그렇지.
근데 더 넓게 보면, 그렇지 않아: 손은 조금이라도 움직이면,
아뇨, 그렇지 않죠. 선생님은 거기 없었잖아요, 소년이 말했다.
우리가 식탁을 어떻게 차리는지 선생님은 모르시잖아요.
그건 그래, 선생님이 말했다. 여러분 어린 시절에 대해
나는 암것도 몰라. 그런데 그 일그러진 물건에다 여러분이
엄마를 더한다면, 여러분은 어떤 이미지를 갖게 되는 거야.
강렬한 이미지는, 소년이 말했다, 효과가 있을까요?
아주 강렬해야지, 선생님이 말했다.
아주 강렬하고 불길한 예감으로 꽉 차 있어야지.

어떤 문장

A Sentence

다 끝났어, 내가 말했다.

왜 그렇게 말해, 내 여동생이 말했다.

왜냐면, 내가 말했다, 끝나지 않았다면, 금방 끝날 거니까

그건 같은 일이야. 그리고 그렇다면,

시작하는 지점은 없어

문장처럼 말이야.

하지만 그건 같지 않아, 여동생이 말했다, 이렇게 곧 끝나는 건.

아직 남은 질문이 하나 있어.

그건 멍청한 질문이야, 내가 대답했다.

아이들 이야기

A Children's Story

시골 생활에 지겨워져서, 왕과 왕비는
도시로 돌아간다, 자그마한 공주님들은
차 뒷자리에서 덜렁거리며, 존재의 노래를 부른다:
나는, 너는, 그, 그녀, 그것은—
하지만 그 차에 동사 활용은 없을 거다, 안 돼.
누가 미래를 말할 수 있나? 미래에 대해 아는 사람은 없다,
심지어 행성들도 알지 못한다.
하지만 공주님들은 그 안에서 살아야 한다.
그 하루가 얼마나 슬픈 날이 될 것인지.
차창 밖으로, 암소들과 목초지가 멀어져 가고 있다;
그들은 평온해 보인다, 하지만 평온이 진실은 아니다.
절망이 진실이다. 어머니와 아버지는 이걸
알고 있다. 모든 희망이 사라졌다.
우리가 희망을 다시 찾고 싶다면
우리는 그걸 잃어버린 곳으로 되돌아가야 한다.

끝없는 이야기

An Endless Story

1.

문장 절반을 넘기도 전에

그녀는 잠이 들었다. 그녀는 어느 아침

새가 되어 일어나는 어린 소녀에 관한

이야기를 하던 참이었다. 인생도 비슷해요,

내 옆에 있던 이가 말했다. 나는 궁금해졌다,

그가 계속 말했다, 여기 우리 친구가

깨어나 멀리 날아갈 계획을 하는 것

같아요? 방은 아주 조용했다.

우리 둘 다 그녀를 유심히 보고 있었다; 사실,

방에 있는 모든 이가 다 그녀를 유심히 보고 있었다.

내게, 그녀는, 예전처럼, 머리는

가슴에 꼬꾸라져 있어도;

여전히, 안색이 고왔다―숨쉬고 있는 것 같지요

내 옆에 있던 이가 말했다. 그뿐만이 아니라,

그가 말을 이었다, 우리 다 이 방에서 숨을 쉬고 있어요―

이게 바로 이야기를 잘 끝맺는 방식이다. 하지만,

그가 덧붙였다, 경고하려고 이 이야길 하는지

사랑 이야기인지, 우리는 절대로 몰라요,

이야기가 끊어졌으니까요. 그러니 확실하지 않아요,

우리가 끝이라는 것을 아는지 모르는지.
하지만 누가 알겠어요, 그가 말했다. 대체 누가 알까요?

2.
우린 이렇게 오래 길을 잃은 채로
있었던 거네, 나는 속으로 생각했다,
악천후에 옴짝달싹 못하는 배들처럼 말이야.
내 옆에 사람은 자기 안에 침잠해 있었다.
우리 사이에, 나는 느꼈다, 어떤 것이 있어,
아이처럼 결정적인 건 아니지만,
그래도 실감나는 어떤 것—
그러는 동안, 아무도 입을 열지 않았다.
엎드려 있는 그 여자 옆에 앉는 사람도 없었고,
도움을 청하러 달려가는 사람도 없었다.
해가 지고 있었다; 느릅나무
긴 그림자가 풀밭 위에 검은 호수처럼 드리워져 있었다.
마침내 내 옆에 사람이 머리를 들었다.
분명히, 그가 말했다, 누군가는 이 이야길 끝내야 해요
내 생각엔 멍청한 여자들이나 하는 사랑 이야기

인 것 같았는데, 아주 긴 이야기로,
사랑이 실은 단순한 건데 그 기본적인
지루함을 감추려고 옆길과 샛가지 이야기를
가득 채운 거 아니요. 하지만, 그가 말했다,
우리가 기수를 바꿀 때요,
말도 함께 바꾸는 게 낫지요. 그 이야기가
내가 하는 이야기라면, 이왕이면
존재에 대한 성찰을 담으면 더 좋겠어요.
방은 아주 조용해졌다.
그가 말했다, 무슨 생각인지 알아요; 우리 모두
건조하게 끝도 없이 이어지는
이야기는 싫어하거든요, 하지만 내 이야기는
진정한 사랑 이야기일 거예요,
사랑이란 게, 우리 젊었을 때, 시간이 하나도
없어 보였던 때 하던 방식을 말하는 거라면.

3.
곧 밤이 되었다. 자동으로
불이 들어왔다.

마루 위에서, 그 여자가 움직였다.

그녀가 옆에 밀쳐 두었던 담요를 누군가가 덮어 주었다.

아침이네요, 그녀가 말했다. 그녀는 겨우 몸을 일으켜

문을 볼 수 있었다. 새가 있었네요, 그녀가 말했다.

새한테는 입맞춤을 해야지요.

아마 이미 했을지도 몰라요, 내 옆에 사람이 말했다.

안 돼요, 그녀가 말했다. 한 번 키스를 받으면

새는 인간이 된답니다. 그러면 날 수 없게 되고요;

그냥 앉아 있고 서 있고 또 누워 있을 수만 있어요.

그러니 키스를 하세요, 내 옆에 사람이 장난스럽게 말했다.

더는 안 돼요, 그녀가 말했다. 심장을 얼어붙게 한

마법을 깨는 기회는 한 번 밖에 없어요.

고약한 거래였네요, 그녀가 말했다,

날개를 키스로 바꾸다니.

그녀가 우릴 빤히 바라보았다, 산 위에 올라서

아래를 내려다보는 사람처럼, 우린 실은 내려다보는

사람들이었는데. 제 정신이 예전 같지 않아요, 그녀가 말했다.

내가 아는 사실들 대부분이 사라졌어요, 하지만 그래서

어떤 원칙들이 놀랍도록 명징하게 드러났어요.

중국인들이 옳았어요, 그녀가 말했다, 노인들 공경하는 거요.

우리를 보세요, 그녀가 말했다. 이 방에 있는 우리는 다
지금도 변화를 기다리고 있어요. 그게 바로 우리가
사랑을 찾는 이유지요. 우린 평생 사랑을 찾아다녀요,
사랑을 찾은 뒤에도요.

빈 방

The Empty Room

시계를 점검해야겠다는 생각이 들었다.
시간이 조금도 지나지 않은 것 같아,
하루도 지나지 않았다, 아니 아마 여러 날.

그 방은 비어 있었다.
의자들이 벽 옆에 가지런히 쌓여 있었다.

밖에는 눈이 내렸다.
아마 그 이야기는 이미 끝이 난 것 같다;
그 고요가 그걸 말해 준다.

어떤 기억

A Memory

병이 내게 찾아왔다.

어쩌다 아프게 되었는지는 모르지만

정상인 척 하는 게 점점 더 어려워졌다,

건강한 척, 기쁨 안에서 사는 척 하는 것이―

점점 나는 나와 같은 사람들하고만 있고 싶어졌다;

가능한 한 그런 사람들을 찾으려 했다

쉬운 일은 아니었다

이 사람들은 다 위장을 하고 있든지 숨어 있었으니.

하지만 점점 더 나는 친구들을 찾아냈고

그 시절, 이 사람 저 사람과 강가를 따라 걷기도 했다.

거의 잊어버렸던 솔직함을 되찾아 얘기도 했다―

그래도 우리는 말없이 침묵 속에 있은 적이 더 많았다,

말을 하는 것보다 강이 더 좋았다―

양쪽 강둑에, 키 큰 갈대들이 바람에 흔들렸다,

잔잔하게, 끝도 없이, 가을 바람에.

마치 내가 어린 시절부터 이 장소를 기억하고 있는 것 같았다,

내 어린 시절에는 강이 없었는데, 집과 잔디밭만 있었는데.

아마 나는 어린 날보다 더 옛날로, 망각으로 돌아가고 있었다,

아마 내가 그 강을 기억하고 있었는지도 몰랐다.

그 많은 오후와 초저녁들

Afternoons and Early Evenings

아름다운 금빛 나날들, 당신은 곧 죽게 되었는데
그래도 낯선 이들과 무작정, 그래도 찬찬히 골라
대화에 끼어들 수 있던 때, 그래서 세상에 대한 인상이
여전히 만들어지고 또 당신을 변화시키고 있을 때,
또 도시가 가장 빛날 때, 여름인데도 붐비지 않고,
모든 일이 더 천천히 일어나고 있을 때—
부티크, 레스토랑, 줄무늬 차양 드리워진 작은 와인 가게,
고양이 한 마리 출입구에서 꼬박꼬박 졸고 있었지;
그늘은 시원했지, 그래서 나도 그렇게 자고 싶다는 생각을 했지,
아무 생각 없이. 나중에 우리는 폴포와 사가나키를 먹을 것이고,
웨이터가 오레가노 잎을 잘라서 오일 종지에 놓아주고—
몇 시였지, 여섯 시였나? 그래서 우리가 떠날 땐 아직 환했고
모든 걸 있는 그대로 볼 수 있었지, 그리고 당신은 차에 탔지—
다음엔 어디로 갔더라, 그 시절, 당신이 말은 못 해도
길은 잃지 않았던 그날들 어디로 갔나?

노래

Song

레오 크루즈가 가장 아름다운 하얀 그릇들을 만든다;
당신한테 좀 갖다줘야지 싶다,
그런데 이런 시절에는
어떻게가 문제다.

그는 내게 사막의 풀 이름을
가르치고 있다;
풀을 볼 수 없어서
나는 책이 한 권 있다

레오는 인간이 만드는 것들이
자연에 존재하는 것보다
더 아름답다고 생각한다

나는 아니라고 하고.
그러면 레오가 말한다
기다렸다가 좀 보세요.

우리는 함께
시골길을 산책할 계획을 세운다.

언제, 내가 그에게 물어본다,
언제? 다시는 안 돼:
이게 바로 우리가 말하지 않는 거다.

그는 내게 가르친다
상상력 안에서 살라고:

사막을 건널 때는
차가운 바람이 분다;
멀리 그의 집이 보인다;
굴뚝에서 연기가 나오고 있다

저게 가마지, 나는 생각한다;
레오만이 사막에서 도자기를 구울 수 있으니

아, 그가 말한다, 당신 또 꿈을 꾸네요.

그러면 나는 말한다 꿈을 꾸니 다행이지,
불이 아직도 살아 있네

협동 농장의 겨울 요리법

초판 1쇄 인쇄일 2023년 12월 4일
초판 1쇄 발행일 2023년 12월 14일

지은이 루이즈 글릭
옮긴이 정은귀

발행인 윤호권
사업총괄 정유한

편집 구민준 **디자인** 김효정 **마케팅** 정재영 명인수 윤아림 김솔희 이아연 김진규
발행처 ㈜시공사 **주소** 서울시 성동구 상원1길 22, 7-8층(우편번호 04779)
대표전화 02-3486-6877 **팩스(주문)** 02-585-1755
홈페이지 www.sigongsa.com / www.sigongjunior.com

ISBN 979-11-7125-210-7 03840

시공사에서 만나는
루이즈 글릭 시집들

만이

루이즈 글릭
데뷔작

습지 위의 집

문단의 찬사를 받은
두 번째 시집

내려오는 모습

신화적 요소가
두드러지는 시 세계

아킬레우스의 승리

전미 비평가상

아라라트 산

글릭의 시선으로 맞춰지는
세계의 균형

야생 붓꽃

퓰리처상

"꾸밈없는 아름다움으로 개인의 존재를 보편화하는
분명한 시적 목소리를 낸 작가."
_ 한림원

목초지

가족 안에서 경험하는
감정의 파고

새로운 생

계속 나아가려는 강인함이
드러나는 시집

일곱 시절

자신의 죽음을 정면에서
바라보는 시집

아베르노

PEN
뉴잉글랜드상

시골 생활

비관과 기쁨을 오가는
삶을 이야기한 시집

신실하고 고결한 밤

전미도서상

Winter Recipes from the Collective

협동 농장의
겨울 요리법

루이즈 글릭 지음
정은귀 옮김

Louise Glück

시공사

협동 농장의
겨울 요리법

Winter Recipes from the Collective

협동 농장의
겨울 요리법

옮긴이의 말 기원을 지우고, 같은 일을 같은 순서로_정은귀

시공사

기원을 지우고, 같은 일을
같은 순서로

정은귀

루이즈 글릭의 13번째 시집, 《협동 농장의 겨울 요리법》 마지막 시집의 번역을 끝내고 한참의 시간이 흘렀다. 그 사이, 조용히 투병 중이던 시인 글릭이 다른 세상으로 건너갔다. 나는 한동안 그 상실을 조금 멍하니 앓았고, 받아들였고, 그 사이사이 번역을 다시 손봤다. 시인이 살아있을 때와 떠난 이후에 시를 읽는 느낌이 조금 달라서 그 차이도 번역에 반영했다. 시가 우리에게 오는 일도, 번역이 이루어지는 일도 공평하고 평이한 시간대로 이어지는 건 아니어서, 아마 2020년 글릭이 노벨문학상을 받는 사건이 없었다면 지금의 이 시간도 없었을 것이고, 아마 글릭이 지금 살아 계시다면 마지막 시집의 번역 후기는 조금 다르게 쓰여졌을 것이다.

　　《일곱 시절》의 마지막 시 〈우화〉는 "빛은 우리에게 평화를 주지 않을 거예요"라는 말로 끝이 나는데, 나는 시인 글릭이 이 땅에서의 80년 세월을 지나고 저 세상으로 건너가면서 어둠이 주는 기묘한 위안의 힘을 알고 있었으리라 생각한다. 그래서 어쩌면 죽음이 시인에게 그다지 큰 사건이 아니었을 수도 있다는 생각을 한다. 아마 예감했을 것이고, 조용히 준비했을 것이다. "내가 죽음을 위해 멈출 수 없었기에— / 그가 친절하게도 멈춰 주었다— / 마차에는 우리 둘만 있었다— / 그리고 불멸도" 에밀리 디킨슨의 시를 즐겨 암송했던 시인이기에 아마도 서두르지 않고 서서히 달리는 죽음의 마차를 그는 순순히 맞았을 것 같다는 생각이 든다. 죽음의 커다란 그림자가 드리운 이번 시집을 번역하면서 내내 궁금했던 부분이, 시인의 죽음으로 조금 명확해졌다고나 할까.

　　루이즈 글릭의 별세 소식을 미국의 친한 시인 친구에게서 이메일로 받던 새벽 네 시, 그 시간에도 나는 그의 시를 우리말로 매만지고 있었기에 마치 시인이 계속 옆에서 말을 거는 것 같은 느낌이

들었다. 시인은 세상을 떠나기 전까지도 자기 시집의 한국어판 표지 디자인의 밝기를 두고 고민했으니, 삶과 죽음은 여기서 저기로 하나의 역할을 다하고 다른 역할로 넘어가는 '일곱 시절'의 그 인생의 단계와도 크게 다르지 않는 경계로 살짝 건너뛰는 어떤 것이 아닐까, 그 '살짝' 사이에 엄청난 망각이 흐르지만.

글릭은 자신의 이야기를 할 때도 늘 감추며 이야기하는 시인이라, 그 느낌이 마지막 시집까지 계속된다. 시인은 어떤 가면을 쓰고 있어서 어떤 때는 남자가 되었다가 어떤 때는 아이가 되었다가 어떤 때는 하느님이 어떤 때는 정원사가, 어떤 때는 누구도 눈길 두지 않는 풀이 되다가 또 어떤 때는 냉정한 비평가가 되지만, 그 모든 가면 사이로 드러나는 자기 이야기를 지울 수 없다. 모든 다른 목소리는 시인 자신의 목소리로 모아지고, 그 목소리는 다시 시를 읽는 우리 각자의 목소리로 자연스레 바뀐다.

13번째 시집 《협동 농장의 겨울 요리법》을 둘러싼 시인의 이력을 간단히 되짚어 보자. 2009년에 출간된 11번째 시집 《시골 생활》이후 2014년에 12번째 시집 《신실하고 고결한 밤》이 나온다. 이 시집으로 글릭은 같은 해 전미도서상을 받는다. 그리고 2015년, 글릭은 국가 인문 훈장을 받는다. 글릭이 그간 보여준 성취로는 그다지 놀라운 일이 아니었겠지만, 노(老) 시인에게는 그 상이 큰 기쁨이었던 듯싶다. 오바마 대통령에게서 훈장을 받으며 주름진 얼굴에 보이는 시인의 수줍은 웃음이 다른 사진들보다 유난히 도드라져 보이니 말이다. 글릭은 사진에서 잘 웃지 않는 사람이라 더 그렇다.

그 후 2018년에 두 번째 산문집 《미국의 독창성》이 나오고 2020년에 노벨문학상을 받는다. 모두를 놀라게 한 사건이었지만, 시인은 막

상 노벨문학상 전화를 받을 때나 수락하고 상을 타는 자리에서는 좀 덤덤했다. 속내는 그렇지 않았을 지라도 우리 눈에는 덤덤해 보였다. 노벨문학상 연설에서 디킨슨의 시 "나는 아무 것도 아닌 사람, 당신은 누구예요"로 시작하는 시를 읊던 시인을 생각한다. 속내를 짐작하기 쉽진 않지만, 아무래도 시인은 안간힘으로 떨림을 억누르고 일상의 평온으로 돌아가고 싶었는지도 모른다.

노벨문학상을 받은 바로 다음 해 글릭의 13번째 시집《협동 농장의 겨울 요리법》이 출간된다. 노벨문학상 이후 첫 시집이지만, 시작보다는 마무리 같은 느낌을 준다. 이 느낌이 크게 틀리지 않아서 시인의 마지막 시집이 되었다. 죽음에 대한 온갖 암시와 후회, 과거를 돌아보는 마음, 미래를 바라보는 마음이 우울하게 섞여 있다. 짧은 시, 대화체의 긴 시가 고루 섞인 16편의 시가 삶의 마지막을 향해 가는 어떤 행로를 보여 준다. 그리고 그 행로는 시인의 것이기도 하고 독자의 것이기도 하고, 이 지구의 마지막 행로이기도 하다.

미국판의 시집 표지 그림이 독특한데, 병아리로 보이는 작은 새 한 마리가 있고, 오른쪽 위에 세로로 한시로 보이는 한자어가 몇 줄 있다. 무엇을 말하고 싶었던 것일까? 알려진 바에 따르면, 17세기 중국 명나라 말의 신비주의 시인이자 화가였던 팔대산인(八大山人, 영어로는 Bada Shanren으로 표기)의 작품 〈꿩의 앨범〉으로 알려진 작품의 일부라고 한다. 명나라 말기, 왕족으로 태어난 팔대산인은 명나라가 멸망한 후에 어떤 사원에서 은둔 생활을 했다고 한다.

세로로 배열된 한자어는 영미권 독자들에게는 분명 수수께끼 같은 글귀로 비칠 것이다. 내게도 예외는 아니었다. 다행히 한시를 잘 아시는 아버지께 그 뜻을 물어볼 수 있었는데, 명예나 권력, 부 등 세속적으로 대단하다 여겨지는 소유물에서 자신을 비움으로써 도달하는 어떤 깨달음을 말하는 것이었다. 가만히 눈여겨보면, 어린 병아리의 눈이 병아리 눈이라기보다는 비범한 사람의 눈처럼 형형하다. 간결하고 작은 병아리, 하지만 고요하게 앞을 응시하는 시선은 어느 도인의 표정 같은데, 이 시집 전체의 분위기와 닿아 있다. 즉, 어린 아이의 시선과 노인의 시선이 한데 얽인 그 중층적이면서 철학적인 함의, 윌리엄 블레이크 식의 순수와 경험이 한데 섞인 그 무늬 말이다. 이 글을 읽고 혹 원 시집의 표지가 궁금한 독자들은 인터넷으로 찾아 보시길, 역자의 고민과 느낌을 분명 실감하게 될 것이다.

한 비평가는 상실에 관한 사유로 가득한 글릭의 후기 시들을 짚으며 나이든 시인들에게서 볼 수 있는 어떤 변화가 글릭에게도 발견된다고 이야기한다. 즉, 앞으로 다가올 계절들이 유한하게 느껴지기에 긴박감보다는 고요가, 수다보다는 침묵이 많은 지면을 차지한다는 것이다. 그래서 대화조차도 조용하고 주저하는 듯하고, 시 속의 인물들을 둘러싼 상황은 두렵고 떨리고 무섭지만 또 동화 같아서 심리적인 거리감을 준다. 죽음을 앞둔 노인의 것인지, 어린아이 같이 남아 있는 인간의 영혼인지 가늠하기 쉽지 않은 목소리는 시인 글릭이 만년에 도달했을 어떤 심리적인 깊이를 잘 보여 준다. 인간 심리의 복잡성과 관계의 미묘함이 삶과 죽음, 사랑과 기다림, 희망과 불안, 현실과 환상이 뒤섞인 대화와 서술로 엮여 있다.

시집을 여는 첫 시, 〈시〉라는 간단한 제목의 시에서 글릭은 얼음 덮인 산을 오르는 '우리'를 그린다. 어린 소녀와 소년 같지만, 늙음조차도 어린 소년 소녀가 될 수 있기에 나이를 가늠하기 힘든 어떤 영(靈/spirit)의 상태에 더 가깝다. "바람이 우릴 들어 올려 달라 기도하지만" 아무 소용이 없고, 바람은 "밑으로 또 밑으로 또 밑으로

또 밑으로" 우리를 데리고 간다. 어디로 내려가고 있는지 말하지 않지만 그곳은 무서운 곳이라는 건 분명하다. 우리는 다만 떨어지는 중이니 말이다.

앞선 시집에서 시도된 잔혹 동화는 여기서도 계속된다. 〈아이들 이야기〉에서 시인은 왕과 왕비, 공주님들을 등장시킨다. 시골 생활이 지겨워진 왕과 왕비는 도시로 돌아가는 중이다. "자그마한 공주님들은 / 차 뒷자리에서 덜컹거리며" 노래를 부른다. 겉으로는 평온해 보이는 이동이다. 하지만,

누가 미래를 말할 수 있나? 미래를 아는 사람은 없다.
심지어 행성들도 알지 못한다.
하지만 공주님들은 그 안에서 살아야 한다.
그 하루가 얼마나 슬픈 날이 될 것인지.
차창 밖으로, 암소들과 목초지가 떠내려가고 있다;
그들은 평온해 보인다, 하지만 평온이 진실은 아니다.
절망이 진실이다. 어머니와 아버지는 이걸
알고 있다. 모든 희망이 사라졌다.
우리가 희망을 다시 찾고 싶다면
우리는 희망이 사라진 곳으로 되돌아가야 한다
　　　　　　　　　　　　　　　　　　　　　-〈아이들 이야기〉 부분

천진한 어린 날, 소풍 같은 분위기로 시작한 시는 점점 불길해진다. "누가 미래를 말할 수 있나? 미래를 아는 사람은 없다"는 말로 시인은 어떤 불안을 암시한다. 어느 순간 어디서 어떤 무서운 발톱이 나와서 이 삶을 할퀴게 될지 우리는 알 수 없다. 새로운 생활에

대한 꿈을 품고 출발하지만, 곧 희망이 사라질 것이다. 절망만이 진실인 세상. 그러나 동시에 시인은, 사라진 희망을 다시 찾으려면 그 희망이 사라진 곳으로 되돌아가야 한다고 말한다. 잔혹 동화 안에서 그냥 스러지는 인산이 아니라 어떻게든 그 잔혹 동화를 살아 내야 하는 운명을 다부지게 각인시키는 것이다. 그렇다면 이렇게 물어볼 수도 있겠다. 희망이 사라진 곳으로 되돌아가면, 희망은 다시 찾아질까? 글쎄, 그 가능성에 대해선 이 글의 끝에 이야기하는 게 낫겠다.

시집은 아이와 노인의 이야기들이 뒤섞이고 추억을 되짚는 목소리와 우화를 전하는 이야기꾼의 목소리가 뒤섞인다. 그림을 가르치는 선생님의 그림 수업이 있고, 두 자매의 소소한 다툼이 있다. 곧 죽을 운명에 처한 이가 낯선 사람들 틈에서 평범한 하루를 견디는 이야기가 있고, 코로나 팬데믹으로 이동이 힘든 시기, 각자의 방식으로 차가운 모래 바람 부는 사막을 건너는 이야기가 있다.

시 〈죽음의 부정〉에서 글릭은 컨시어지와 나의 대화를 한 편의 드라마를 펼쳐 보이듯 그리고 있다. 함께 여행을 계속하기로 약속했던 연인이 혼자 여행을 떠나 버리고 호텔에 혼자 남겨진 나. 그런 나를 지켜보는 컨시어지. 무심과 세심, 거리와 친밀을 오가며 나와 독특한 관계를 만들어 나가는 컨시어지, 둘의 대화를 듣고 있으면 컨시어지는 실제로 살아 움직이는 대상이라기보다는 떠난 연인의 화신이기도 하고, 나 자신의 또 다른 자아에 더 가깝다. 혹은 내게 서서히 다가오는 종말의 신, 디킨슨 식으로 말하면 마차를 몰고 나와 함께 가는 불멸, 죽음의 신과 흡사하다. 시집 표지의 이미지와 연결하면, 모든 것을 변화하는 흐름 속에서 설명하는 도교 철학을 전수하는 현자이기도 하다. 시인은 이를 마지막에 "소설 속 어떤 전통"이라고 말한다.

　이처럼 시인은 여러 층위의 목소리들을 섞어서 질문하고 답하고 설명하면서 멀고도 가까운 거리에서 대화를 시도한다. 2020년 노벨 문학상 수상 소감을 이야기하면서 글릭은 "친밀하고 사적인 목소리를 계속 존중"하고픈 바람을 내비쳤는데, 시인이 지속적으로 몰두한 죽음과 상실의 문제들, 덧없는 삶의 애가들은 친밀하고 사적인 목소리 속에서 그 힘을 얻기 때문일 것이다. 물론 그 힘이란 것도 어떤 낙관이나 희망의 이야기라기보다는 다만 서로 목소리를 나누면서 전하는 소소한 위로와 전달에 더 가깝다. 겨울의 삶은 쉽게 나아지지 않고, 불안은 쉽게 희망으로 바뀌지 않는다. 갈등은 쉽게 해소되지 않고, 기다림의 끝에 화해가 있는 것도 아니다. 희망을 다시 잃어버린 자리로 되돌아와서 그 공허를 응시하지만, 끝은 다시 시작이 되지만, 희망이 쉽게 찾아지는 것은 아니다. 현실의 어려움이 금세 가시는 것도 아니다. 하지만 그렇다고 공허와 절망에 희망의 자리가 오롯이 빼앗기는 건 아니다.

　　모든 건 변해요, 그가 말했다, 모든 건 연결되어 있고요.
　　또 모든 건 되돌아와요, 하지만 되돌아오는 건
　　떠나갔던 것이 아니랍니다.
　　　　　　　　　　　　　　　　　　　　　　　－〈죽음의 부정〉 부분

　모든 것은 끝에서 다시 시작으로 돌아가는 그 자연의 순리 속에 함께 돌아간다. 여기서 글릭은 우리 각자의 생의 리듬이 우주의 자연스러운 리듬에 순응해야 함을 강조하는 것 같다. 모든 것은 변한다는 걸 받아들이는 것, 모든 것은 되돌아옴을 아는 것, 하지만 그

되돌아옴도 출발한 그 같은 자리가 아니라는 것, 이는 비단 관계의 성격만이 아니라, 우리가 나고 자라 배우고 일하는 모든 과정에 깃든 행위의 특성이기도 할 것이다. 그걸 인정해야 이 곡절 많은 세상에서 내면의 단단한 평화를 지킬 수 있는 거라고 시인은 컨시어지의 입을 빌려서 넌지시 말한다. 시인의 만년의 지혜는 한 마리 고독한 병아리의 그 깊은 응시를 닮았다.

시 〈협동 농상의 겨울 요리법〉은 해마다 겨울이 오면 노인들이 숲으로 가는 이야기다. 노인들은 숲에서 이끼를 모으고 이끼를 삭히며 힘든 겨울을 난다. 힘든 시절의 힘든 이야기다. 삭힌 이끼로 샌드위치를 만들기도 하고, 예쁜 이끼로 분재를 만들기도 한다. 영어 제목 'Winter Recipes from the Collective'는 여러 가지로 읽을 수 있는데, '집단에서 온'이라고 하지 않고 '협동 농장의'라고 한 것은 나름 이유가 있다. 이 시는 겨울이라는 계절이 몰고 오는 위기 속에서 반복되는 인간 노동이 갖는 의미를 그린다. 시절을 가늠하기 힘든 몽환적인 분위기 속에서 공동으로 안간힘을 쓰는 인간의 노력이 한 해의 마지막 달 12월의 추위를 어떻게 이기는지 그리는 시다. 노동이 꽃피우는 어떤 것, 인내와 공동의 힘, 협력이 그나마 추락하는 이 세계를 지탱하고 생존을 가능하게 하는지, 글릭은 개인의 재능, 혹은 독단적인 행위보다는 함께함으로써 의미가 살아나는 생명력과 지혜를 강조한다. 그래서 다른 어떤 것보다 '협동 농장'이라는 말이 글릭이 내심 품고 있는 어떤 대안적인 세계의 특성을 잘 보여 준다고 생각해서, 역자로서는 용기와 창의성으로 한 걸음 더 나간 번역을 택한 것이다.

그렇다면 우리가 되돌아가야 하는 곳은 어디인가? 쌓으면 무너지고, 한 걸음 나아가면 두 걸음 떠밀려 다시 추락하는 이 역사의

더딘 행진 속에서, 엄혹한 겨울의 세계에서, 우리는 어떤 몫을 해야
하는가? 시의 말미에서 어떤 것을 읽을 수 있을지도 모르겠다.

> 부엌에선 판매용 샌드위치를 포장하고 있었다.
> 내 친구가 이 일을 했다.
> 헐리 송글리, 우리 선생님은 그녀를 이렇게 불렀다,
> *보살피는 사람.* 그녀를 가만히 바라보던
> 기억이 난다: 문 안쪽에,
> 카드 위에 한자로 일의 순서가 씌어져 있었다
> *번역하자면, 같은 순서로 같은 일을 할 것,*
> *그리고 그 아래엔: 그것들의 기원을 우리는 지워 버렸다,*
> *이제 그들에겐 우리가 필요하다.*
>
> ―〈협동 농장의 겨울 요리법〉 부분

앞서 겨울이 되면 이끼를 채취하고 삭혀서 샌드위치를 만들고
분재를 하는 노인들을 그리던 시는 작고 사소한 것들을 잘 살려내
는 일, 보살피고 돌보는 일의 중요성을 이야기한다. 죽은 나무의 죽
은 부분을 긁어모아 뭔가를 만드는 일. 내가 마주하는 대상을 잘
살피고 돌보는 일은 나 자신을 돌보는 일이기도 하다. 시는 어두운
달 12월, 가장 어두운 날 이른 아침 어떤 풍경을 그린다. 눈 너머 식
물원이 있고 겨울 식물원의 나무들은 저마다 작은 등을 달고 있다.
부엌에서 샌드위치를 포장하는 손길은 '보살피는 사람'의 손이다.
이끼를 거두는 일이나 샌드위치를 만들고 포장하는 일은 단순 작
업이다. 단순 작업의 특징은 같은 순서로 같은 일을 한다는 것. 우
리가 지워 버린 대상의 기원. 변형시켜 새로운 것을 만드는 일. 거기

우리의 손길이 필요하다고.

척박한 겨울이다. 남은 것은 죽어 가는 일 밖에 없다. 노인들의 일을 해야 한다. 기다림도 없고 희망도 없는 노년의 노동이 그려지는 이 시의 마지막에 이르러 우리는 기묘한 안도감과 이상한 수긍을 동시에 느낀다. 노동의 방식, 같은 순서로 같은 일을 할 것, 변화는 기원을 지우는 것에서 시작한다는 것. 이 말은 노년에서 다시 청춘으로 돌아가는 허상이 아니다. 다만 앞으로, 우리에게 주어진 각자의 시간만큼 차곡차곡 나아가야 한다는 것, 탄식하지 않고 묵묵히, 같은 걸음, 같은 순서, 같은 속도로.

내가 특별히 좋아하는 미국의 또 다른 시인 로버트 크릴리(Robert Creeley, 1926~2005)는 'Onward!'란 말을 죽음 뒤에 남겼다. 시인 글릭은 "같은 일을 같은 순서로" 하라고 한다. 우리가 이 세상에 와서 만드는 모든 인연, 모든 관계, 그리고 우리가 이 세상에서 짓는 모든 업, 우리가 하는 모든 행위는 어떤 기원을 지우고 없애는 일이다. 기원을 빼앗고 박탈하는 그 파괴가 있지 않고서는 어떤 것도 어떤 것의 시작을, 변화를, 변형을 꾀할 수 없다.

그러니 일단 시작한 일에, 변모를 가한 형태에, 만드는 관계에 대해 뒤를 돌아보아 자책하지 말자. 상대의, 대상의 기원을 지우면서 우리는 우리 자신의 기원도 지운다. 나와 당신과 우리, 그리고 이 지구는 그 점에서 모두 동의어다.

기원을 지우고, 같은 일을 같은 순서로. 몹쓸 병을 얻었음을 안 시인 글릭, 죽음이 다가오고 있음을 아는 시인이 자신의 한 생을 정리하면서 쓴 시의 언어가 바로 이거다. 다른 방도는 없다. 사랑하는 사람을 사라진 자리, 희망이 꺼진 자리, 내 생명이 스러지는 자리를 응시하면서도 우리는 다만 한다. 같은 일을 같은 순서로.

그러니 우리, 기원이 사라진다 해서 슬퍼할 것은 아니다. 기원은 어쩌면 우리의 허상이었는지도, 우리 또한 이미 누군가가 지워 놓은 그 존재하지 않는 기원 위에서 시작했으니, 어떤 추락을, 밑으로, 또 밑으로 떨어지는 그 추락을. 어쩌면 처음부터 잃을 것은 아무것도 없는 이 세계의 한 자락을 빌려서 가는 우리. 시인은 이 무서운 진실을 알고, 눈을 감았다. 나는 그렇게 생각한다.

이 담백한 언어로, 알 듯 모를 듯, 눈여겨 오래 응시해야 간신히 들어오는 시의 혼곤한 빛을 비추고 떠난 시인, 이토록 무서운 진실을 이처럼 아무렇잖게 평온한 언어로 표정 없이 들려주는 그를 나는 사랑하고 존경하지 않을 수 없다. 그의 시와 함께 했던 긴 시간을 돌아보니, 돌아서면 다시 또 다르게 번역하고 싶은 그 마음의 무늬는 모두가 다 버릴 수 없이 두터운 시의 지층이었다. 이제 시작이다. 독자들이 글릭의 시를 통해, 이 세계에 잠시 와 살다 가는 의미를 조금 더 알 수 있기를, 그래서 춥고 어두운 12월의 시간을 함께 잘 이겨 내는 인내를 기를 수 있기를 바란다. 이처럼 단단하고 이처럼 까다롭고 엄정한, 이처럼 여리고 또 참을성 많은, 이처럼 도발적인 시와 함께 한 긴 시간에 일단 마침표를 찍는 새벽 네 시 이십육 분. 나는 다시 또 '같은 일을 같은 순서로' 계속하겠지만, 더 들려 드릴 이야기는 지금부터지만, 일단 마침표. 편집자를 비롯하여 매 단계마다 함께 정성과 지혜를 보태준 분들, 그리고 시의 독자들에게 고마움 전한다.

시공사에서 만나는
루이즈 글릭 시집들

맏이

루이즈 글릭
데뷔작

습지 위의 집

문단의 찬사를 받은
두 번째 시집

내려오는 모습

신화적 요소가
두드러지는 시 세계

아킬레우스의 승리

전미 비평가상

아라라트 산

글릭의 시선으로 맞춰지는
세계의 균형

야생 붓꽃

퓰리처상

"꾸밈없는 아름다움으로 개인의 존재를 보편화하는
분명한 시적 목소리를 낸 작가."
_ 한림원

목초지

가족 안에서 경험하는
감정의 파고

새로운 생

계속 나아가려는 강인함이
드러나는 시집

일곱 시절

자신의 죽음을 정면에서
바라보는 시집

아베르노

PEN
뉴잉글랜드상

시골 생활

비관과 기쁨을 오가는
삶을 이야기한 시집

신실하고 고결한 밤

전미도서상